JN068414

詩集　運命を、一歩一歩。

原石

私たちは原石
手を加えられ
光を当てられて
ようやく輝く

輝ける場所はどこだろう
光を求めて
そろそろ転がっていこうか？

〝13歳の詩〟

流されて　流されて
何も思い出さない海へ
流されて　流されて
何もわからない場所へ行こう

今の私がなくなるのなら
どんなことでもする
滅びてしまったこの心と一緒に
この身体までもなくしてほしい

流されて　流されて
何も思い出せない海へ
流されて　流されて
何もわからない場所へ行きたい

ザクロ

ザクロさん
あなたのような
朱(あか)いオレンジになりたいな
楽しくなるような明るい色に。

実ができたらひとつ
私に分けてくださいな

あなたのオレンジが

この身体中に
すうっと浸み(し)わたるように。

種

自分がまいた種が
育っていくみたい
苦しまぎれにまいた種が
いつか芽を出すのかなぁ

神様はやっぱりいるのかな
この偶然を見守ってくれているのかな

どうか

喜びへと向かっていますように
未来が
大きな花を咲かせますように

未来

溶けろ！　溶けろ！
溶けろ！

今までの　わだかまりも
誤解も
失敗も
全て　なにもかも。

心の奥にある

つらさの理由（わけ）を伝えれば
解（わか）り合えるよ

未来は　きっと
輝いている。

風

風になりたい
あたたかい風になりたい
いつも側にいて包んであげられるような
そんな風になりたい

苦しい時も哀しい時も
ひとりじゃないって
励ましてあげよう

あたたかい風に触れたら
心をなぐさめて

いつか私がそうだったように
そっと何かが
見守ってくれたら
包んでくれたなら
きっと強くなれる
また前を向いて歩き出せる

あたたかい風になりたい
だから
今以上の自分になりたい

孤独の修行

この人生は孤独の修行だったと
お父さんは言った
誰にも助けを求めず
ひとりで死んで逝ったあなたに

そんなに哀しくはないの
意外と大丈夫
兄弟姉妹が死んだら　きっとすごく哀しいだろうって
人は思うみたいだけど

どこかで修正できなかったのか
どこで狂ってしまったのか
考えるたび
涙があふれるだけ

見放したのか　見放されたのか
それすらもわからない　こんな世の中で
ただ　悔しくて

たいしたことのない人生でも
光を見つけたい
自分にできる小さな努力をして
生き抜こうって　思うんだ

グレートソウル

大いなる　グレートソウル
なぜ　わたしたちは
これほど努力しなければ
これほど頑張らなければ
いけないのですか

その先に
いったい何があると
いうのですか

蟬（せみ）

セミが　最後の叫びをあげている
生きた証を示すかのように
忘れないでって
言ってるみたい
悲痛な叫びをあげている

勇気

勇気を出さずに
苦しんで
勇気を出して
傷ついて

ああ　今日の空は
いったい誰のために泣いているんだろう！

残酷な月

怒ってるの？
笑ってるの？
あざわらってるの？
泣いてるの？

こんないくじなしの私を
見守っているの？
包んでくれているの？

この闇を
光で満たしてくれる
どうぞ今日は
優しい微笑みで語りかけて
いつも同じ顔の
残酷な月

夢

フワフワ夢の中にいるみたい
どうせなら
楽しい夢がいい

地に足がつかず
心だけがとんでいる
あんなに祈ったのに
ここに　たどり着いた

こわれたカケラを何で埋めればいい？
現実が目を覚ます
どうせなら
楽しい夢がいい

恐がり

大きな自信を得るとともに
私はとても恐がりになりました。
未来が恐いのです。

もう二度と
あんな経験をしたくない
させたくない

あんなに大きな喜びを得たのに

前に進むのが恐いのです。

もう　これ以上
苦しみたくない
苦しませたくない
あんな思いをしたくない
させたくない
傷つきたくない

朝、目が覚めると
いつも震えるのです。

強くなったはずなのに
私はとてつもない

恐がりになりました。

レース

永遠のレースに　参加してるみたい
終わったら　また始まる

少しだけ休んで

さぁ　次はどのレースに
参加しようか

泥沼

泥沼を早く渡ろうとして
足をとられたみたい
泥まみれで　立ち上がれないの

いっしょうけんめいに進もうとしたんだけど
向こう岸に手を伸ばしたんだけど
届かなかった

何かがパチンとはじけた

頭の中で

どうすれば良かったのか
苦い思いだけが残って
今はただ　立ち上がろうとしているだけ

あそこまで辿(たど)り着けるのかも
もう　わからない

〈リセット〉

1日1日リセットされる
気持ち良さもリセットされる
昨日はあんなに楽しかったのに。

また頑張らなきゃいけない

やり遂げたと思ったのに
まだ続きがあるよ。

可能性

なんでこんなに頑張らせるの
〝可能性は0(ゼロ)じゃない〟　とか
〝自分を信じろ〟　とか

疲れてんだよ　みんな
頑張りすぎて
疲れてんだよ

生きる

走りたいのか
走りたくないのか
わからないけど

走る
今日も
ただ　走る

生きる

今日も
ただ　生きる

魂の記憶

植物はどんな気持ちなんだろう
手折（たお）られた時　痛くないのかなぁ

野生の動物は
生きたまま食べられる
断末魔の叫び

遠い昔　私も
植物だったのだろうか

ハエだったのだろうか
蟻だったのだろうか

魚だったのだろうか
牛だったのだろうか
鳥だったのだろうか

今は忘れてしまった
この魂の記憶

月（つき）

月よ　なぜ
地球を見守っているの？

私はもう　眠ってしまいたい

こんなちっぽけな魂を照らして
かき集めたら
いつか何かの役に立つの？

そうやって
みんなを平等に照らしている

私は誰よりも
あなたの光を飲み込みたい

星

あなたは土星ですか？
木星ですか？

もし私の命が尽きて
自由に飛び回れるようになったら
まっすぐにあなたのもとへ
翔んでいきたい

やすらぎと懐かしさを与えてくれる

きっと　私たちはみんな
星だったのだろう

流れ

あきらめるのでなく
頑張るのではなく
ただ
流れてゆけばいいんじゃないかな

でも　やっぱりダメか
生きてるだけじゃ　ダメか

つらくなるんだね

自分が要らない気がして。

逆境

何があっても
にらみつけてやる
数ある逆境の中で
涙をこらえて

そうやって強くなるんだ
きっと
きっと　成長するんだ

神様

神様を頼っちゃいけないって
誰かが言ってた

だけど　私は
頼って
祈るよ

自分の中の神様に

歳(とし)

歳をとるということは
後悔が増えるということだ
どうしようもないことが
どんどん積み重なっていく
歳をとるということは
痛みが増えていくことだ

どんどん上塗りされて
身動きがとれなくなっていく

ペット

きみはペット
来てくれたんだね
私のところに

もう　この世に必要ないと思っていた私を
きみは必要としてくれるんだね

だから
もうすこしだけ

生きていける

なんでもないことが

青い空
なんでもないことが
幸せだったなあ

今はもう
何をしてもしょんぼりで
頑張って声を張り上げて
笑ってみせるけど
なにもかも　つらいだけ

本当は
なんでもないことが
ただ　ただ
幸せなんだよなあ

喜び

大人になると
誰もが気付く
楽しいと苦しいは
背中合わせだと
楽(ラク)な喜びは薄っぺらいんだと。

だから　みんな
面倒な道を選ぶんだ
難しい方を選ぶんだ

節（ふし）

心が折れた
節ができた

天を貫く竹のように
また強くなれるかなぁ

節は悔し涙の証（あかし）
どんどん増やして
前に進んでいこう

もっと強く
もっと高く
伸びるために

居場所

なんでこんなに
合う人と合わない人が
いるんだろうねぇ

いいんだよ
もう　いいんだよ

居心地のいい人達と
居心地のいい場所をみつけて

自信をもって　笑って

ほら　そこなら

自分らしくいられるんだから

祈り

きれいごとだな
全ての人々に幸せになってほしいなんて
他人(ひと)のために祈るなんて
自分が救われたいだけじゃないか

ああ
それでも
きれいごとでも

祈らないよりはいいんじゃないか？

後悔

「やらなきゃよかった」って
悔やむこと
「やればよかった」って
悔やむこと

そうだね
やって悔やんだほうが
いいよね

光

馬鹿だね、人間って。
いいことは忘れて　イヤなことばかり思い出す。

どうして過去は変えられないんだろう
ちょっと戻ればいいだけなのに
誰にも迷惑かけないのに

うまくいかなかったことばかりが疼(うず)き出す。
身体中を締めつけて

思考の穴にはまりこむ。
さんざんあがいたあとは
祈って救いを求める

光はどこだろう
そろそろ抜け出さなきゃ。

私

なんで　こうなるのかな
どうなってんだかな
どれが本当の自分なのかな

もう　わかんないや

きっと
どれも私なんだろう

グズいのも　シャープなのも
トロいのも　堂々としてるのも

どれも間違いなく
私だ

信じる

信じなきゃダメだって言うけど
半信半疑でもいいいんじゃない？

いつも語っていれば
それが　いつか叶う日がくる。

信じきろ　なんて
難しいこと言わないで。

とにかく
毎日　祈るから。

運命

運命の分かれ道を
選んでいくことは
とても勇気がいる。

過去も現在も未来も
悩んで傷ついて
迷って苦しんで
〝どうしてあっちを選ばなかったの？〟って。

だけど
いつか判るよ。
なぜこの道を選んだのか。
辿(たど)り着いた先に
何かひとつでも
気付けるものがあるなら。

無感動

若い頃の私は無感動だった
花も景色も美しいと思わなかった

だけど
歳をとればとるほど
美しくなるんだね

いろんな場面が想い出されて
懐かしく

愛おしくなるんだね

意味

〝なんで？〟と思ったことでも
あとでその意味が解（わか）るんだね

あんなに心をさいなんだ試練が
いま　解（と）けていく

無駄だと思ったことが
やらなきゃよかったと悔やんだことが
ようやく

現在（いま）につながった

前へ

進むしかない
この世界は
前にしか進めないのだから
哀しさもつらさもみじめさも
心の奥にしまって
走り続けよう

小さな奇跡に心が震える

神の采配をいつも感じている

この場面が
この経験が
きっと何かにつながっていく
ああ　このために苦しんだのだと
気付く日がくる

だから　進むしかない
未来に希望を求めて

だって　この世界に生きている私たちは
前にしか進めないのだから

その手を

あなたが放すまで
その手を握っていたいの
あなたから放すまで
今度こそ握っていたい

周りの目なんか気にせずに
握っていたらよかった
まだ子どもっぽいあなたの心に

傷を残したかしら

ぽっかりとあいた
白いうつわの中に
透明な
〝寂しさ〟という名の液を
注いでしまったのかな

もっといっぱい握ればよかった
大きくなったあなたを
今更
はずかしくて抱っこもできないなら
もっともっと疲れも忘れて

言い訳せずに
イヤがられるくらい
くっついていればよかったな
どうかどうか遠いあなたの未来が
この記憶が吹きとぶくらい
満たされて

幸せでありますように

愛

子どもが増えると
思いが
$\frac{1}{2}$　$\frac{1}{3}$に分散されるんじゃなくて
2倍　3倍に増えていく

そう　まるで宇宙のように
果てなく広がっていく

どんどんふくれて

愛があふれていく

春

ありがとう
精霊たち

目に浮かぶわ
桜のじゅうたんと
鳥のさえずり

もうすぐだね
もうすぐ春がやってくるね！

お父さん

お父さん
逝かないで
行ってしまわないで
もう少しだけここにいて
私の話をきいて

どうしようもなくつらいとき
どうすればいいかわからないとき

どこに帰ればいいの
誰に話せばいいの

なんでも聞いてくれたでしょ
答えを出してくれたでしょ

だから　いま
どうすればいいの？

聞いて
私の話を

お父さん　お父さん
お父さん！

不明

お父さん
お父さん
正解　教えてよ！
なんで逝っちゃったの？
私がそんなに強いと思ったの？

私、こんなになっちゃったよ

どうしよう。
どうしよう。

想い出

想い出が
滝のように押し寄せるけど
目をつぶることしかできない

こうして父の店じまいをして
大事なものも捨て去って

哀しくない訳がないよ

涙があふれたって
明日は来るのだから
私は生きているのだから

思い出に浸(ひた)るのは今日まで
この夜まで

青空を羽ばたく　とんびも
父の笑顔も　連発するダジャレも
触れそうなほど
はっきり　想い出せる

面倒だった湖水浴も
今では楽しい記憶

シジミとバカ貝
もう一度くらい獲っても良かったな
いっぱいありがとう。
そして　ごめんね。
お父さん。

笑顔

ねぇ　お母さん
母になった私は自分のことばかりで
イヤなことがあると当たりちらすし
すぐ　笑えなくなるよ

本当は
この子たちを守ることが一番の願い
この子たちの笑顔を見ることが
一番の幸せなのに

おかあさん

おかあさん
おかあさん
おかあさん
おかあさん

きっと　おかあさんも
こんなふうに孤独だったんだね
こんなふうに
居場所がなかったんだね

きっと　誰もが
きっと　誰もが叫ぶの

自分を守ってくれる
絶対的に自分の味方をしてくれる
存在を信じて。

おかあさん！
おかあさん！　って
行き場を求めて
帰りたくて
叫んでるの。

手

この手は　自分の手じゃないの
お母さんの手
自分の頭を　なでてみる

〝頑張ってるよ。〟
〝よくやってるよ。〟
〝えらい　えらい。〟

「うん…。」

さぁ　行こう
出発の時間だ

お母さん

いつも　同じ場所で待っててくれた
私たちのために一所懸命で
自らは何も求めず
自分の身や想いはおさえつけて
ひとりで泣いて
尽くして逝った

いま　私たちは泣いているの

懐かしくて　とてもとてもせつなくて
温かい涙が
あふれてくるよ

忍耐

神様が
私がどこまで耐えられるか
見てるみたいだ

知喜

（母の詩　五十二歳頃）

小さい頃の知喜は
色白のふっくらした頬（ほほ）をして
おっとりした女の子
小さな口元
小さな手足
そして　女の子にしては少しうすい髪
お母さんは一生懸命　髪をかき集めて
可愛くリボンをつける

鏡の前で嬉しそうに
そっとそっと　リボンに手をあてて
ニッコリ笑った

優しい知喜　可愛い知喜
賢い知喜　お母さんの大切な宝物
大切な娘

（お母さんの日記より）
お母さんは〝愛〟そのものであった。
知喜への愛が一杯である。
（母が亡くなった後、父よりの手紙から）

著者プロフィール

Chiki（ちき）

1969年 大阪生まれ。

2020年１月、縁あって保護犬を譲り受け、現在４人家族＋ワンコ１匹と暮らす。

詩集　運命を、一歩一歩。

2021年２月15日　初版第１刷発行

著　者　Chiki

発行者　瓜谷 綱延

発行所　株式会社文芸社

〒160-0022　東京都新宿区新宿1－10－1

電話　03-5369-3060（代表）

03-5369-2299（販売）

印　刷　株式会社文芸社

製本所　株式会社MOTOMURA

ISBN978-4-286-22291-2